PRODUCTIVITY PLANNER

This planner belongs to:

_____

CONTENTS

"

IDEALIZATION

TO

MANIFESTATION

-Bishop C. McLean

"

MY HISTORY

MY NEW STORY

VISION

SPIRITUAL

FAMILY

VISION

EDUCATION/PERSONAL DEVELOPMENT

BUSINESS/ WORK

VISION

FINANCIAL

THINK WITH INK

EMPTY YOUR THOUGHTS ON PAPER THEN PRIORITIZE AND ELIMINATE

THINK WITH INK

EMPTY YOUR THOUGHTS ON PAPER THEN PRIORITIZE AND ELIMINATE

YEARLY GOALS

SPIRITUAL

1 ACHIEVE BY: _____
_____
_____
_____

2 ACHIEVE BY: _____
_____
_____
_____

3 ACHIEVE BY: _____
_____
_____
_____

FAMILY

1 ACHIEVE BY: _____
_____
_____
_____

2 ACHIEVE BY: _____
_____
_____
_____

3 ACHIEVE BY: _____
_____
_____
_____

YEARLY GOALS

EDUCATION/ PERSONAL DEVELOPMENT

1 ACHIEVE BY:

2 ACHIEVE BY:

3 ACHIEVE BY:

BUSINESS/ WORK

1 ACHIEVE BY:

2 ACHIEVE BY:

3 ACHIEVE BY:

YEARLY GOALS

FINANCIAL

1 ACHIEVE BY: _____
_____
_____
_____

2 ACHIEVE BY: _____
_____
_____
_____

3 ACHIEVE BY: _____
_____
_____
_____

1 ACHIEVE BY: _____
_____
_____
_____

2 ACHIEVE BY: _____
_____
_____
_____

3 ACHIEVE BY: _____
_____
_____
_____

MONTH 1

MONTHLY GOALS

SPIRITUAL

_____
_____

ACTIONS

_____
_____
_____
_____
_____
_____

FAMILY

_____
_____

ACTIONS

_____
_____
_____
_____
_____
_____

FINANCIAL

_____
_____

ACTIONS

_____
_____
_____
_____
_____
_____

MONTHLY GOALS

SPIRITUAL

_____
_____
_____

ACTIONS

_____
_____
_____
_____
_____
_____
_____

FAMILY

_____
_____
_____

ACTIONS

_____
_____
_____
_____
_____
_____

FINANCIAL

_____
_____
_____

ACTIONS

_____
_____
_____
_____
_____
_____

WEEK#:

- ○
- ○
- ○

M	**TO DO LIST**
	○
	○
	○
T	○
	○
	○
W	○
	○
	○
T	○
	○
	○
F	○
	NETWORK LIST
S	
S	

STOP DOING LIST

☐ _____

☐ _____

☐ _____

☐ _____

☐ _____

☐ _____

☐ _____

☐ _____

☐ _____

☐ _____

☐ _____

☐ _____

AFFIRMATIONS

☐ _____

☐ _____

☐ _____

☐ _____

☐ _____

☐ _____

☐ _____

☐ _____

☐ _____

☐ _____

☐ _____

☐ _____

EVERY NIGHT BEFORE BED I MUST PLAN AHEAD

		TOP FIVE
		1

5:00   5:00
6:00   6:00   **2**
7:00   7:00
8:00   8:00
9:00   9:00
10:00 10:00 **3**
11:00 11:00
12:00 12:00
1:00   1:00
2:00   2:00   **4**
3:00   3:00
4:00   4:00
5:00   5:00
6:00   6:00   **5**
7:00   7:00
8:00   8:00
9:00   9:00
10:00 10:00 ☐
11:00 11:00
12:00 12:00 ☐

☐

☐

_____

5:00	5:00
6:00	6:00
7:00	7:00
8:00	8:00
9:00	9:00
10:00	10:00
11:00	11:00
12:00	12:00
1:00	1:00
2:00	2:00
3:00	3:00
4:00	4:00
5:00	5:00
6:00	6:00
7:00	7:00
8:00	8:00
9:00	9:00
10:00	10:00
11:00	11:00
12:00	12:00

TOP FIVE

1 _____

2 _____

3 _____

4 _____

5 _____

☐ _____

☐ _____

☐ _____

☐ _____

HOW WILL I WIN TODAY?

		TOP FIVE
		1
5:00	5:00	
6:00	6:00	**2**
7:00	7:00	
8:00	8:00	
9:00	9:00	
10:00	10:00	**3**
11:00	11:00	
12:00	12:00	
1:00	1:00	
2:00	2:00	**4**
3:00	3:00	
4:00	4:00	
5:00	5:00	
6:00	6:00	**5**
7:00	7:00	
8:00	8:00	
9:00	9:00	
10:00	10:00	☐
11:00	11:00	
12:00	12:00	☐
		☐
		☐

_____

_____
_____
_____
_____

5:00	
6:00	
7:00	
8:00	
9:00	
10:00	
11:00	
12:00	
1:00	
2:00	
3:00	
4:00	
5:00	
6:00	
7:00	
8:00	
9:00	
10:00	
11:00	
12:00	

T O P   F I V E

1 _____

_____

2 _____

_____

3 _____

_____

4 _____

_____

5 _____

_____

☐ _____

☐ _____

☐ _____

☐ _____

REFLECTION & TRANSITION

MY WINS FOR THIS WEEK

- ☑
- ☑
- ☑
- ☑

DID I ACHIEVE MY GOALS? WHY OR WHY NOT?

WHAT WILL I DO DIFFERENTLY NEXT WEEK?

WEEK#: THIS WEEK'S GOALS

○ _____
○ _____
○ _____

M	TO DO LIST
	○
	○
T	○
	○
	○
W	○
	○
	○
T	○
	○
	○
F	○
	NETWORK LIST
S	
S	

STOP DOING LIST   AFFIRMATIONS

- [ ]
- [ ]
- [ ]
- [ ]
- [ ]
- [ ]
- [ ]
- [ ]
- [ ]
- [ ]
- [ ]
- [ ]

- [ ]
- [ ]
- [ ]
- [ ]
- [ ]
- [ ]
- [ ]
- [ ]
- [ ]
- [ ]
- [ ]
- [ ]

EVERY NIGHT BEFORE BED I MUST PLAN AHEAD

		TOP FIVE
		1
5:00	5:00	
6:00	6:00	**2**
7:00	7:00	
8:00	8:00	
9:00	9:00	
10:00	10:00	**3**
11:00	11:00	
12:00	12:00	
1:00	1:00	
2:00	2:00	**4**
3:00	3:00	
4:00	4:00	
5:00	5:00	
6:00	6:00	**5**
7:00	7:00	
8:00	8:00	
9:00	9:00	
10:00	10:00	☐
11:00	11:00	
12:00	12:00	☐
		☐
		☐

5:00	5:00
6:00	6:00
7:00	7:00
8:00	8:00
9:00	9:00
10:00	10:00
11:00	11:00
12:00	12:00
1:00	1:00
2:00	2:00
3:00	3:00
4:00	4:00
5:00	5:00
6:00	6:00
7:00	7:00
8:00	8:00
9:00	9:00
10:00	10:00
11:00	11:00
12:00	12:00

TOP FIVE

1

2

3

4

5

☐

☐

☐

☐

HOW WILL I WIN TODAY?

		TOP FIVE
		1
5:00	5:00	
6:00	6:00	**2**
7:00	7:00	
8:00	8:00	
9:00	9:00	
10:00	10:00	**3**
11:00	11:00	
12:00	12:00	
1:00	1:00	
2:00	2:00	**4**
3:00	3:00	
4:00	4:00	
5:00	5:00	
6:00	6:00	**5**
7:00	7:00	
8:00	8:00	
9:00	9:00	
10:00	10:00	☐
11:00	11:00	
12:00	12:00	☐
		☐
		☐

TOP FIVE

1

5:00

6:00

2

7:00

8:00

9:00

10:00

3

11:00

12:00

1:00

2:00

4

3:00

4:00

5:00

6:00

5

7:00

8:00

9:00

10:00

☐

11:00

12:00

☐

☐

☐

REFLECTION & TRANSITION

MY WINS FOR THIS WEEK

- [ ] _____
- [ ] _____
- [ ] _____
- [ ] _____

DID I ACHIEVE MY GOALS? WHY OR WHY NOT?

_____
_____
_____
_____

WHAT WILL I DO DIFFERENTLY NEXT WEEK?

_____
_____
_____
_____

WEEK#:

○
○
○

	TO DO LIST
M	○
	○
	○
T	○
	○
	○
W	○
	○
	○
T	○
	○
	○
F	○
	NETWORK LIST
S	
S	

STOP DOING LIST   AFFIRMATIONS

- [ ] _____
- [ ] _____
- [ ] _____
- [ ] _____
- [ ] _____
- [ ] _____
- [ ] _____
- [ ] _____
- [ ] _____
- [ ] _____
- [ ] _____
- [ ] _____

EVERY NIGHT BEFORE BED I MUST PLAN AHEAD

		TOP FIVE
		1
5:00	5:00	
6:00	6:00	**2**
7:00	7:00	
8:00	8:00	
9:00	9:00	
10:00	10:00	**3**
11:00	11:00	
12:00	12:00	
1:00	1:00	
2:00	2:00	**4**
3:00	3:00	
4:00	4:00	
5:00	5:00	
6:00	6:00	**5**
7:00	7:00	
8:00	8:00	
9:00	9:00	
10:00	10:00	☐
11:00	11:00	
12:00	12:00	☐
		☐
		☐

30

_____ | _____ |

1

5:00 | 5:00
6:00 | 6:00 | **2**
7:00 | 7:00
8:00 | 8:00
9:00 | 9:00
10:00 | 10:00 | **3**
11:00 | 11:00
12:00 | 12:00
1:00 | 1:00
2:00 | 2:00 | **4**
3:00 | 3:00
4:00 | 4:00
5:00 | 5:00
6:00 | 6:00 | **5**
7:00 | 7:00
8:00 | 8:00
9:00 | 9:00
10:00 | 10:00 | ☐
11:00 | 11:00
12:00 | 12:00 | ☐

☐

☐

HOW WILL I WIN TODAY?

		TOP FIVE
		1
5:00	5:00	
6:00	6:00	**2**
7:00	7:00	
8:00	8:00	
9:00	9:00	
10:00	10:00	**3**
11:00	11:00	
12:00	12:00	
1:00	1:00	
2:00	2:00	**4**
3:00	3:00	
4:00	4:00	
5:00	5:00	
6:00	6:00	**5**
7:00	7:00	
8:00	8:00	
9:00	9:00	
10:00	10:00	☐
11:00	11:00	
12:00	12:00	☐
		☐
		☐

_____

_____

_____

_____

5:00 _____

6:00 _____

7:00 _____

8:00 _____

9:00 _____

10:00 _____

11:00 _____

12:00 _____

1:00 _____

2:00 _____

3:00 _____

4:00 _____

5:00 _____

6:00 _____

7:00 _____

8:00 _____

9:00 _____

10:00 _____

11:00 _____

12:00 _____

_____

_____

_____

_____

TOP FIVE

1 _____

2 _____

3 _____

4 _____

5 _____

☐ _____

☐ _____

☐ _____

☐ _____

REFLECTION & TRANSITION

MY WINS FOR THIS WEEK

- ☑ _____
- ☑ _____
- ☑ _____
- ☑ _____

DID I ACHIEVE MY GOALS? WHY OR WHY NOT?

_____
_____
_____
_____

WHAT WILL I DO DIFFERENTLY NEXT WEEK?

_____
_____
_____
_____

WEEK#:

THIS WEEK'S GOALS

- ◯
- ◯
- ◯

M	
T	
W	
T	
F	
S	
S	

TO DO LIST

- ◯
- ◯
- ◯
- ◯
- ◯
- ◯
- ◯
- ◯
- ◯
- ◯
- ◯
- ◯

NETWORK LIST

STOP DOING LIST   AFFIRMATIONS

- [ ] _____
- [ ] _____
- [ ] _____
- [ ] _____
- [ ] _____
- [ ] _____
- [ ] _____
- [ ] _____
- [ ] _____
- [ ] _____
- [ ] _____
- [ ] _____

- [ ] _____
- [ ] _____
- [ ] _____
- [ ] _____
- [ ] _____
- [ ] _____
- [ ] _____
- [ ] _____
- [ ] _____
- [ ] _____
- [ ] _____
- [ ] _____

EVERY NIGHT BEFORE BED I MUST PLAN AHEAD

		TOP FIVE
		1 _____
5:00	5:00	
6:00	6:00	**2** _____
7:00	7:00	
8:00	8:00	
9:00	9:00	
10:00	10:00	**3** _____
11:00	11:00	
12:00	12:00	
1:00	1:00	
2:00	2:00	**4** _____
3:00	3:00	
4:00	4:00	
5:00	5:00	
6:00	6:00	**5** _____
7:00	7:00	
8:00	8:00	
9:00	9:00	
10:00	10:00	☐ _____
11:00	11:00	
12:00	12:00	☐ _____
		☐ _____
		☐ _____

_____

_____
_____

5:00
6:00
7:00
8:00
9:00
10:00
11:00
12:00
1:00
2:00
3:00
4:00
5:00
6:00
7:00
8:00
9:00
10:00
11:00
12:00
_____
_____
_____
_____
_____

_____

_____
_____

5:00
6:00
7:00
8:00
9:00
10:00
11:00
12:00
1:00
2:00
3:00
4:00
5:00
6:00
7:00
8:00
9:00
10:00
11:00
12:00
_____
_____
_____
_____
_____

TOP FIVE

1
_____

2
_____

3
_____

4
_____

5
_____

☐ _____

☐ _____

☐ _____

☐ _____

HOW WILL I WIN TODAY?

		TOP FIVE
		1
5:00	5:00	
6:00	6:00	**2**
7:00	7:00	
8:00	8:00	
9:00	9:00	
10:00	10:00	**3**
11:00	11:00	
12:00	12:00	
1:00	1:00	
2:00	2:00	**4**
3:00	3:00	
4:00	4:00	
5:00	5:00	
6:00	6:00	**5**
7:00	7:00	
8:00	8:00	
9:00	9:00	
10:00	10:00	☐
11:00	11:00	
12:00	12:00	☐
		☐
		☐

_____

_____

_____

5:00 _____

6:00 _____

7:00 _____

8:00 _____

9:00 _____

10:00 _____

11:00 _____

12:00 _____

1:00 _____

2:00 _____

3:00 _____

4:00 _____

5:00 _____

6:00 _____

7:00 _____

8:00 _____

9:00 _____

10:00 _____

11:00 _____

12:00 _____

_____

_____

_____

_____

TOP FIVE

1 _____

2 _____

3 _____

4 _____

5 _____

☐ _____

☐ _____

☐ _____

☐ _____

WEEK#:

THIS WEEK'S GOALS

- ○
- ○
- ○

	TO DO LIST
M	○
	○
	○
T	○
	○
	○
W	○
	○
	○
T	○
	○
	○
F	○
	NETWORK LIST
S	
S	

41

STOP DOING LIST

AFFIRMATIONS

- [ ] _____
- [ ] _____
- [ ] _____
- [ ] _____
- [ ] _____
- [ ] _____
- [ ] _____
- [ ] _____
- [ ] _____
- [ ] _____
- [ ] _____
- [ ] _____

- [ ] _____
- [ ] _____
- [ ] _____
- [ ] _____
- [ ] _____
- [ ] _____
- [ ] _____
- [ ] _____
- [ ] _____
- [ ] _____
- [ ] _____
- [ ] _____

EVERY NIGHT BEFORE BED I MUST PLAN AHEAD

		TOP FIVE
		1
5:00	5:00	
6:00	6:00	**2**
7:00	7:00	
8:00	8:00	
9:00	9:00	
10:00	10:00	**3**
11:00	11:00	
12:00	12:00	
1:00	1:00	
2:00	2:00	**4**
3:00	3:00	
4:00	4:00	
5:00	5:00	
6:00	6:00	**5**
7:00	7:00	
8:00	8:00	
9:00	9:00	
10:00	10:00	☐
11:00	11:00	
12:00	12:00	☐
		☐
		☐

		TOP FIVE
		1
5:00	5:00	
6:00	6:00	**2**
7:00	7:00	
8:00	8:00	
9:00	9:00	
10:00	10:00	**3**
11:00	11:00	
12:00	12:00	
1:00	1:00	
2:00	2:00	**4**
3:00	3:00	
4:00	4:00	
5:00	5:00	
6:00	6:00	**5**
7:00	7:00	
8:00	8:00	
9:00	9:00	
10:00	10:00	☐
11:00	11:00	
12:00	12:00	☐
		☐
		☐

HOW WILL I WIN TODAY?

		TOP FIVE
		1
5:00	5:00	
6:00	6:00	**2**
7:00	7:00	
8:00	8:00	
9:00	9:00	
10:00	10:00	**3**
11:00	11:00	
12:00	12:00	
1:00	1:00	
2:00	2:00	**4**
3:00	3:00	
4:00	4:00	
5:00	5:00	
6:00	6:00	**5**
7:00	7:00	
8:00	8:00	
9:00	9:00	
10:00	10:00	☐
11:00	11:00	
12:00	12:00	☐
		☐
		☐

TOP FIVE

1

5:00

6:00
2
7:00

8:00

9:00

10:00
3
11:00

12:00

1:00

2:00
4
3:00

4:00

5:00

6:00
5
7:00

8:00

9:00

10:00
☐
11:00

12:00
☐

☐

☐

REFLECTION & TRANSITION

MY WINS FOR THIS WEEK

☑ _____

☑ _____

☑ _____

☑ _____

DID I ACHIEVE MY GOALS? WHY OR WHY NOT?

_____

_____

_____

_____

WHAT WILL I DO DIFFERENTLY NEXT WEEK?

_____

_____

_____

_____

MONTH 2

· ·

MONTHLY GOALS

SPIRITUAL

_____
_____
_____

ACTIONS

_____
_____
_____
_____
_____
_____

FAMILY

_____
_____
_____

ACTIONS

_____
_____
_____
_____
_____
_____

FINANCIAL

_____
_____
_____

ACTIONS

_____
_____
_____
_____
_____
_____

MONTHLY GOALS

SPIRITUAL

_____
_____
_____

ACTIONS

_____
_____
_____
_____
_____
_____
_____

FAMILY

_____
_____
_____

ACTIONS

_____
_____
_____
_____
_____
_____

FINANCIAL

_____
_____
_____

ACTIONS

_____
_____
_____
_____
_____
_____

WEEK#: THIS WEEK'S GOALS

- ◯
- ◯
- ◯

	TO DO LIST
M	◯
	◯
	◯
T	◯
	◯
	◯
W	◯
	◯
	◯
T	◯
	◯
	◯
F	◯
	NETWORK LIST
S	
S	

STOP DOING LIST   AFFIRMATIONS

- [ ] _____
- [ ] _____
- [ ] _____
- [ ] _____
- [ ] _____
- [ ] _____
- [ ] _____
- [ ] _____
- [ ] _____
- [ ] _____
- [ ] _____
- [ ] _____

- [ ] _____
- [ ] _____
- [ ] _____
- [ ] _____
- [ ] _____
- [ ] _____
- [ ] _____
- [ ] _____
- [ ] _____
- [ ] _____
- [ ] _____
- [ ] _____

EVERY NIGHT BEFORE BED I MUST PLAN AHEAD

		TOP FIVE
		1

5:00

6:00

7:00

8:00

9:00

10:00

11:00

12:00

1:00

2:00

3:00

4:00

5:00

6:00

7:00

8:00

9:00

10:00

11:00

12:00

5:00

6:00

7:00

8:00

9:00

10:00

11:00

12:00

1:00

2:00

3:00

4:00

5:00

6:00

7:00

8:00

9:00

10:00

11:00

12:00

TOP FIVE

1

2

3

4

5

☐

☐

☐

☐

		TOP FIVE
		1
5:00	5:00	
6:00	6:00	**2**
7:00	7:00	
8:00	8:00	
9:00	9:00	
10:00	10:00	**3**
11:00	11:00	
12:00	12:00	
1:00	1:00	
2:00	2:00	**4**
3:00	3:00	
4:00	4:00	
5:00	5:00	
6:00	6:00	**5**
7:00	7:00	
8:00	8:00	
9:00	9:00	
10:00	10:00	☐
11:00	11:00	
12:00	12:00	☐
		☐
		☐

HOW WILL I WIN TODAY?

		TOP FIVE
		1
5:00	5:00	
6:00	6:00	**2**
7:00	7:00	
8:00	8:00	
9:00	9:00	
10:00	10:00	**3**
11:00	11:00	
12:00	12:00	
1:00	1:00	
2:00	2:00	**4**
3:00	3:00	
4:00	4:00	
5:00	5:00	
6:00	6:00	**5**
7:00	7:00	
8:00	8:00	
9:00	9:00	
10:00	10:00	☐
11:00	11:00	
12:00	12:00	☐
		☐
		☐

_____

1

5:00

6:00   **2**

7:00

8:00

9:00

10:00   **3**

11:00

12:00

1:00

2:00   **4**

3:00

4:00

5:00

6:00   **5**

7:00

8:00

9:00

10:00   ☐

11:00

12:00   ☐

☐

☐

REFLECTION & TRANSITION

MY WINS FOR THIS WEEK

- ☑ _____
- ☑ _____
- ☑ _____
- ☑ _____

DID I ACHIEVE MY GOALS? WHY OR WHY NOT?

_____
_____
_____
_____

WHAT WILL I DO DIFFERENTLY NEXT WEEK?

_____
_____
_____
_____

WEEK#:

THIS WEEK'S GOALS

- ◯ _____
- ◯ _____
- ◯ _____

M	
T	
W	
T	
F	
S	
S	

TO DO LIST

- ◯ _____
- ◯ _____
- ◯ _____
- ◯ _____
- ◯ _____
- ◯ _____
- ◯ _____
- ◯ _____
- ◯ _____
- ◯ _____
- ◯ _____
- ◯ _____

NETWORK LIST

STOP DOING LIST

AFFIRMATIONS

- [ ]
- [ ]
- [ ]
- [ ]
- [ ]
- [ ]
- [ ]
- [ ]
- [ ]
- [ ]
- [ ]
- [ ]

- [ ]
- [ ]
- [ ]
- [ ]
- [ ]
- [ ]
- [ ]
- [ ]
- [ ]
- [ ]
- [ ]
- [ ]

EVERY NIGHT BEFORE BED I MUST PLAN AHEAD

		TOP FIVE
		1
5:00	5:00	
6:00	6:00	**2**
7:00	7:00	
8:00	8:00	
9:00	9:00	
10:00	10:00	**3**
11:00	11:00	
12:00	12:00	
1:00	1:00	
2:00	2:00	**4**
3:00	3:00	
4:00	4:00	
5:00	5:00	
6:00	6:00	**5**
7:00	7:00	
8:00	8:00	
9:00	9:00	
10:00	10:00	☐
11:00	11:00	
12:00	12:00	☐
		☐
		☐

		TOP FIVE
		1
5:00	5:00	
6:00	6:00	**2**
7:00	7:00	
8:00	8:00	
9:00	9:00	
10:00	10:00	**3**
11:00	11:00	
12:00	12:00	
1:00	1:00	
2:00	2:00	**4**
3:00	3:00	
4:00	4:00	
5:00	5:00	
6:00	6:00	**5**
7:00	7:00	
8:00	8:00	
9:00	9:00	
10:00	10:00	☐
11:00	11:00	
12:00	12:00	☐
		☐
		☐

HOW WILL I WIN TODAY?

		TOP FIVE
		1
5:00	5:00	
6:00	6:00	**2**
7:00	7:00	
8:00	8:00	
9:00	9:00	
10:00	10:00	**3**
11:00	11:00	
12:00	12:00	
1:00	1:00	
2:00	2:00	**4**
3:00	3:00	
4:00	4:00	
5:00	5:00	
6:00	6:00	**5**
7:00	7:00	
8:00	8:00	
9:00	9:00	
10:00	10:00	☐
11:00	11:00	
12:00	12:00	☐
		☐
		☐

_____

_____

_____

_____

5:00 _____

6:00 _____

7:00 _____

8:00 _____

9:00 _____

10:00 _____

11:00 _____

12:00 _____

1:00 _____

2:00 _____

3:00 _____

4:00 _____

5:00 _____

6:00 _____

7:00 _____

8:00 _____

9:00 _____

10:00 _____

11:00 _____

12:00 _____

_____

_____

_____

TOP FIVE

1 _____

2 _____

3 _____

4 _____

5 _____

☐ _____

☐ _____

☐ _____

☐ _____

REFLECTION & TRANSITION

MY WINS FOR THIS WEEK

- ☑ _____
- ☑ _____
- ☑ _____
- ☑ _____

DID I ACHIEVE MY GOALS? WHY OR WHY NOT?

_____
_____
_____
_____

WHAT WILL I DO DIFFERENTLY NEXT WEEK?

_____
_____
_____
_____

WEEK#:

○ _____
○ _____
○ _____

M

T

W

T

F

S

S

TO DO LIST

○ _____
○ _____
○ _____
○ _____
○ _____
○ _____
○ _____
○ _____
○ _____
○ _____
○ _____
○ _____
○ _____

NETWORK LIST

65

STOP DOING LIST   AFFIRMATIONS

☐ _____   ☐ _____

☐ _____   ☐ _____

☐ _____   ☐ _____

☐ _____   ☐ _____

☐ _____   ☐ _____

☐ _____   ☐ _____

☐ _____   ☐ _____

☐ _____   ☐ _____

☐ _____   ☐ _____

☐ _____   ☐ _____

☐ _____   ☐ _____

☐ _____   ☐ _____

EVERY NIGHT BEFORE BED I MUST PLAN AHEAD

TOP FIVE

1

5:00   5:00

6:00   6:00   **2**

7:00   7:00

8:00   8:00

9:00   9:00

10:00   10:00   **3**

11:00   11:00

12:00   12:00

1:00   1:00

2:00   2:00   **4**

3:00   3:00

4:00   4:00

5:00   5:00

6:00   6:00   **5**

7:00   7:00

8:00   8:00

9:00   9:00

10:00   10:00   ☐

11:00   11:00

12:00   12:00   ☐

☐

☐

		TOP FIVE

1

5:00   5:00

6:00   6:00   **2**

7:00   7:00

8:00   8:00

9:00   9:00

10:00   10:00   **3**

11:00   11:00

12:00   12:00

1:00   1:00

2:00   2:00   **4**

3:00   3:00

4:00   4:00

5:00   5:00

6:00   6:00   **5**

7:00   7:00

8:00   8:00

9:00   9:00

10:00   10:00

11:00   11:00

12:00   12:00

☐

☐

☐

☐

HOW WILL I WIN TODAY?

		TOP FIVE
		1
5:00	5:00	**2**
6:00	6:00	
7:00	7:00	
8:00	8:00	
9:00	9:00	**3**
10:00	10:00	
11:00	11:00	
12:00	12:00	
1:00	1:00	**4**
2:00	2:00	
3:00	3:00	
4:00	4:00	
5:00	5:00	**5**
6:00	6:00	
7:00	7:00	
8:00	8:00	
9:00	9:00	☐
10:00	10:00	
11:00	11:00	☐
12:00	12:00	
		☐
		☐

TOP FIVE

1

5:00

6:00

2

7:00

8:00

9:00

10:00

3

11:00

12:00

1:00

2:00

4

3:00

4:00

5:00

6:00

5

7:00

8:00

9:00

10:00

☐

11:00

12:00

☐

☐

☐

REFLECTION & TRANSITION

MY WINS FOR THIS WEEK

☑ _____

☑ _____

☑ _____

☑ _____

DID I ACHIEVE MY GOALS? WHY OR WHY NOT?

_____

_____

_____

_____

WHAT WILL I DO DIFFERENTLY NEXT WEEK?

_____

_____

_____

_____

WEEK#:

THIS WEEK'S GOALS

- ○
- ○
- ○

	TO DO LIST
M	○
	○
	○
T	○
	○
	○
W	○
	○
	○
T	○
	○
	○
F	○

NETWORK LIST

S

S

STOP DOING LIST

AFFIRMATIONS

- [ ]
- [ ]
- [ ]
- [ ]
- [ ]
- [ ]
- [ ]
- [ ]
- [ ]
- [ ]
- [ ]
- [ ]

- [ ]
- [ ]
- [ ]
- [ ]
- [ ]
- [ ]
- [ ]
- [ ]
- [ ]
- [ ]
- [ ]
- [ ]

EVERY NIGHT BEFORE BED I MUST PLAN AHEAD

		TOP FIVE
		1
5:00	5:00	
6:00	6:00	**2**
7:00	7:00	
8:00	8:00	
9:00	9:00	
10:00	10:00	**3**
11:00	11:00	
12:00	12:00	
1:00	1:00	
2:00	2:00	**4**
3:00	3:00	
4:00	4:00	
5:00	5:00	
6:00	6:00	**5**
7:00	7:00	
8:00	8:00	
9:00	9:00	
10:00	10:00	☐
11:00	11:00	
12:00	12:00	☐
		☐
		☐

_____

_____
_____
_____
_____

5:00 _____
6:00 _____
7:00 _____
8:00 _____
9:00 _____
10:00 _____
11:00 _____
12:00 _____
1:00 _____
2:00 _____
3:00 _____
4:00 _____
5:00 _____
6:00 _____
7:00 _____
8:00 _____
9:00 _____
10:00 _____
11:00 _____
12:00 _____
_____
_____
_____
_____

_____

_____
_____
_____
_____

5:00 _____
6:00 _____
7:00 _____
8:00 _____
9:00 _____
10:00 _____
11:00 _____
12:00 _____
1:00 _____
2:00 _____
3:00 _____
4:00 _____
5:00 _____
6:00 _____
7:00 _____
8:00 _____
9:00 _____
10:00 _____
11:00 _____
12:00 _____
_____
_____
_____
_____

TOP FIVE

1 _____

2 _____

3 _____

4 _____

5 _____

☐ _____

☐ _____

☐ _____

☐ _____

HOW WILL I WIN TODAY?

<table>
<tr><td></td><td></td><td>TOP FIVE</td></tr>
</table>

		TOP FIVE
		1
5:00	5:00	
6:00	6:00	**2**
7:00	7:00	
8:00	8:00	
9:00	9:00	
10:00	10:00	**3**
11:00	11:00	
12:00	12:00	
1:00	1:00	
2:00	2:00	**4**
3:00	3:00	
4:00	4:00	
5:00	5:00	
6:00	6:00	**5**
7:00	7:00	
8:00	8:00	
9:00	9:00	
10:00	10:00	☐
11:00	11:00	
12:00	12:00	☐
		☐
		☐

_____

_____

_____

_____

5:00 _____

6:00 _____

7:00 _____

8:00 _____

9:00 _____

10:00 _____

11:00 _____

12:00 _____

1:00 _____

2:00 _____

3:00 _____

4:00 _____

5:00 _____

6:00 _____

7:00 _____

8:00 _____

9:00 _____

10:00 _____

11:00 _____

12:00 _____

_____

_____

_____

TOP FIVE

1
_____

2
_____

3
_____

4
_____

5
_____

☐ _____

☐ _____

☐ _____

☐ _____

WEEK#:

○ _____

○ _____

○ _____

M _____

T _____

W _____

T _____

F _____

S _____

S _____

TO DO LIST

○ _____

○ _____

○ _____

○ _____

○ _____

○ _____

○ _____

○ _____

○ _____

○ _____

○ _____

○ _____

NETWORK LIST

STOP DOING LIST   AFFIRMATIONS

☐ _____   ☐ _____

☐ _____   ☐ _____

☐ _____   ☐ _____

☐ _____   ☐ _____

☐ _____   ☐ _____

☐ _____   ☐ _____

☐ _____   ☐ _____

☐ _____   ☐ _____

☐ _____   ☐ _____

☐ _____   ☐ _____

☐ _____   ☐ _____

☐ _____   ☐ _____

EVERY NIGHT BEFORE BED I MUST PLAN AHEAD

		TOP FIVE
		1
5:00	5:00	
6:00	6:00	**2**
7:00	7:00	
8:00	8:00	
9:00	9:00	
10:00	10:00	**3**
11:00	11:00	
12:00	12:00	
1:00	1:00	
2:00	2:00	**4**
3:00	3:00	
4:00	4:00	
5:00	5:00	
6:00	6:00	**5**
7:00	7:00	
8:00	8:00	
9:00	9:00	
10:00	10:00	☐
11:00	11:00	
12:00	12:00	☐
		☐
		☐

_____   _____

1

5:00   5:00
6:00   6:00   **2**
7:00   7:00
8:00   8:00
9:00   9:00
10:00   10:00   **3**
11:00   11:00
12:00   12:00
1:00   1:00
2:00   2:00   **4**
3:00   3:00
4:00   4:00
5:00   5:00
6:00   6:00   **5**
7:00   7:00
8:00   8:00
9:00   9:00
10:00   10:00   ☐
11:00   11:00
12:00   12:00   ☐

_____   _____   ☐

_____   _____   ☐

HOW WILL I WIN TODAY?

TOP FIVE

1

5:00	5:00
6:00	6:00
7:00	7:00
8:00	8:00
9:00	9:00
10:00	10:00
11:00	11:00
12:00	12:00
1:00	1:00
2:00	2:00
3:00	3:00
4:00	4:00
5:00	5:00
6:00	6:00
7:00	7:00
8:00	8:00
9:00	9:00
10:00	10:00
11:00	11:00
12:00	12:00

2

3

4

5

☐

☐

☐

☐

TOP FIVE

1 _____

5:00
6:00
2 _____
7:00
8:00
9:00
10:00
3 _____
11:00
12:00
1:00
2:00
4 _____
3:00
4:00
5:00
6:00
5 _____
7:00
8:00
9:00
10:00 ☐ _____
11:00
12:00 ☐ _____

☐ _____

☐ _____

REFLECTION & TRANSITION

MY WINS FOR THIS WEEK

☑ _____

☑ _____

☑ _____

☑ _____

DID I ACHIEVE MY GOALS? WHY OR WHY NOT?

_____

_____

_____

_____

WHAT WILL I DO DIFFERENTLY NEXT WEEK?

_____

_____

_____

_____

MONTH 3

MONTHLY GOALS

SPIRITUAL

_____
_____
_____

ACTIONS

_____
_____
_____
_____
_____
_____

FAMILY

_____
_____
_____

ACTIONS

_____
_____
_____
_____
_____
_____

FINANCIAL

_____
_____
_____

ACTIONS

_____
_____
_____
_____
_____
_____
_____

MONTHLY GOALS

SPIRITUAL

_____
_____
_____

ACTIONS

_____
_____
_____
_____
_____
_____

FAMILY

_____
_____

ACTIONS

_____
_____
_____
_____
_____
_____

FINANCIAL

_____
_____

ACTIONS

_____
_____
_____
_____
_____
_____

WEEK#:

THIS WEEK'S GOALS

○ _____

○ _____

○ _____

M	
T	
W	
T	
F	
S	
S	

TO DO LIST

○

○

○

○

○

○

○

○

○

○

○

○

○

NETWORK LIST

STOP DOING LIST   AFFIRMATIONS

- [ ]
- [ ]
- [ ]
- [ ]
- [ ]
- [ ]
- [ ]
- [ ]
- [ ]
- [ ]
- [ ]
- [ ]

EVERY NIGHT BEFORE BED I MUST PLAN AHEAD

TOP FIVE

1

5:00	5:00
6:00	6:00
7:00	7:00
8:00	8:00
9:00	9:00
10:00	10:00
11:00	11:00
12:00	12:00
1:00	1:00
2:00	2:00
3:00	3:00
4:00	4:00
5:00	5:00
6:00	6:00
7:00	7:00
8:00	8:00
9:00	9:00
10:00	10:00
11:00	11:00
12:00	12:00

2

3

4

5

☐

☐

☐

☐

_____

	_____
	_____
	_____

_____

TOP FIVE

1
_____
_____

5:00	5:00
6:00	6:00
7:00	7:00
8:00	8:00
9:00	9:00
10:00	10:00
11:00	11:00
12:00	12:00
1:00	1:00
2:00	2:00
3:00	3:00
4:00	4:00
5:00	5:00
6:00	6:00
7:00	7:00
8:00	8:00
9:00	9:00
10:00	10:00
11:00	11:00
12:00	12:00

2
_____

3
_____

4
_____

5
_____

☐ _____

☐ _____

☐ _____

☐ _____

HOW WILL I WIN TODAY?

		TOP FIVE
		1
5:00	5:00	
6:00	6:00	**2**
7:00	7:00	
8:00	8:00	
9:00	9:00	
10:00	10:00	**3**
11:00	11:00	
12:00	12:00	
1:00	1:00	
2:00	2:00	**4**
3:00	3:00	
4:00	4:00	
5:00	5:00	
6:00	6:00	**5**
7:00	7:00	
8:00	8:00	
9:00	9:00	
10:00	10:00	☐
11:00	11:00	
12:00	12:00	☐
		☐
		☐

_____

_____

_____

_____

5:00 _____

6:00 _____

7:00 _____

8:00 _____

9:00 _____

10:00 _____

11:00 _____

12:00 _____

1:00 _____

2:00 _____

3:00 _____

4:00 _____

5:00 _____

6:00 _____

7:00 _____

8:00 _____

9:00 _____

10:00 _____

11:00 _____

12:00 _____

_____

_____

_____

TOP FIVE

1 _____

2 _____

3 _____

4 _____

5 _____

☐ _____

☐ _____

☐ _____

☐ _____

REFLECTION & TRANSITION

MY WINS FOR THIS WEEK

- ☑ _____
- ☑ _____
- ☑ _____
- ☑ _____

DID I ACHIEVE MY GOALS? WHY OR WHY NOT?

_____
_____
_____
_____

WHAT WILL I DO DIFFERENTLY NEXT WEEK?

_____
_____
_____
_____

WEEK#:

THIS WEEK'S GOALS

- ◯
- ◯
- ◯

M	
T	
W	
T	
F	
S	
S	

TO DO LIST

- ◯
- ◯
- ◯
- ◯
- ◯
- ◯
- ◯
- ◯
- ◯
- ◯
- ◯
- ◯

NETWORK LIST

STOP DOING LIST   AFFIRMATIONS

- [ ] _____
- [ ] _____
- [ ] _____
- [ ] _____
- [ ] _____
- [ ] _____
- [ ] _____
- [ ] _____
- [ ] _____
- [ ] _____
- [ ] _____
- [ ] _____

- [ ] _____
- [ ] _____
- [ ] _____
- [ ] _____
- [ ] _____
- [ ] _____
- [ ] _____
- [ ] _____
- [ ] _____
- [ ] _____
- [ ] _____
- [ ] _____

EVERY NIGHT BEFORE BED I MUST PLAN AHEAD

		TOP FIVE
		1
5:00	5:00	
6:00	6:00	**2**
7:00	7:00	
8:00	8:00	
9:00	9:00	
10:00	10:00	**3**
11:00	11:00	
12:00	12:00	
1:00	1:00	
2:00	2:00	**4**
3:00	3:00	
4:00	4:00	
5:00	5:00	
6:00	6:00	**5**
7:00	7:00	
8:00	8:00	
9:00	9:00	
10:00	10:00	☐
11:00	11:00	
12:00	12:00	☐
		☐
		☐

		TOP FIVE
		1
5:00	5:00	
6:00	6:00	**2**
7:00	7:00	
8:00	8:00	
9:00	9:00	
10:00	10:00	**3**
11:00	11:00	
12:00	12:00	
1:00	1:00	
2:00	2:00	**4**
3:00	3:00	
4:00	4:00	
5:00	5:00	
6:00	6:00	**5**
7:00	7:00	
8:00	8:00	
9:00	9:00	
10:00	10:00	☐
11:00	11:00	
12:00	12:00	☐
		☐
		☐

HOW WILL I WIN TODAY?

		TOP FIVE
_____	_____	
		1
5:00	5:00	
6:00	6:00	**2**
7:00	7:00	
8:00	8:00	
9:00	9:00	
10:00	10:00	**3**
11:00	11:00	
12:00	12:00	
1:00	1:00	
2:00	2:00	**4**
3:00	3:00	
4:00	4:00	
5:00	5:00	
6:00	6:00	**5**
7:00	7:00	
8:00	8:00	
9:00	9:00	
10:00	10:00	☐
11:00	11:00	
12:00	12:00	☐
		☐
		☐

TOP FIVE

1

5:00
6:00
7:00
8:00
9:00

2

10:00
11:00
12:00
1:00

3

2:00
3:00
4:00
5:00

4

6:00
7:00

5

8:00
9:00
10:00

☐

11:00
12:00

☐

☐

☐

REFLECTION & TRANSITION

MY WINS FOR THIS WEEK

☑ _____

☑ _____

☑ _____

☑ _____

DID I ACHIEVE MY GOALS? WHY OR WHY NOT?

_____

_____

_____

_____

WHAT WILL I DO DIFFERENTLY NEXT WEEK?

_____

_____

_____

_____

WEEK#:

- ◯
- ◯
- ◯

M

T

W

T

F

S

S

TO DO LIST

- ◯
- ◯
- ◯
- ◯
- ◯
- ◯
- ◯
- ◯
- ◯
- ◯
- ◯
- ◯
- ◯

NETWORK LIST

STOP DOING LIST

☐ _____

☐ _____

☐ _____

☐ _____

☐ _____

☐ _____

☐ _____

☐ _____

☐ _____

☐ _____

☐ _____

☐ _____

AFFIRMATIONS

☐ _____

☐ _____

☐ _____

☐ _____

☐ _____

☐ _____

☐ _____

☐ _____

☐ _____

☐ _____

☐ _____

☐ _____

EVERY NIGHT BEFORE BED I MUST PLAN AHEAD

		TOP FIVE
		1
5:00	5:00	
6:00	6:00	**2**
7:00	7:00	
8:00	8:00	
9:00	9:00	
10:00	10:00	**3**
11:00	11:00	
12:00	12:00	
1:00	1:00	
2:00	2:00	**4**
3:00	3:00	
4:00	4:00	
5:00	5:00	
6:00	6:00	**5**
7:00	7:00	
8:00	8:00	
9:00	9:00	
10:00	10:00	☐
11:00	11:00	
12:00	12:00	☐
		☐
		☐

_____

_____   _____   TOP FIVE

_____   _____   **1**
_____   _____   _____

5:00 _____   5:00 _____
6:00 _____   6:00 _____   **2**
7:00 _____   7:00 _____   _____
8:00 _____   8:00 _____
9:00 _____   9:00 _____
10:00 _____   10:00 _____   **3**
11:00 _____   11:00 _____   _____
12:00 _____   12:00 _____
1:00 _____   1:00 _____
2:00 _____   2:00 _____   **4**
3:00 _____   3:00 _____   _____
4:00 _____   4:00 _____
5:00 _____   5:00 _____
6:00 _____   6:00 _____   **5**
7:00 _____   7:00 _____   _____
8:00 _____   8:00 _____
9:00 _____   9:00 _____
10:00 _____   10:00 _____   ☐ _____
11:00 _____   11:00 _____
12:00 _____   12:00 _____   ☐ _____

_____   _____   ☐ _____

_____   _____   ☐ _____

HOW WILL I WIN TODAY?

		TOP FIVE
		1
5:00	5:00	
6:00	6:00	**2**
7:00	7:00	
8:00	8:00	
9:00	9:00	
10:00	10:00	**3**
11:00	11:00	
12:00	12:00	
1:00	1:00	
2:00	2:00	**4**
3:00	3:00	
4:00	4:00	
5:00	5:00	
6:00	6:00	**5**
7:00	7:00	
8:00	8:00	
9:00	9:00	
10:00	10:00	☐
11:00	11:00	
12:00	12:00	☐
		☐
		☐

TOP FIVE

1

5:00
6:00
7:00
2
8:00
9:00
10:00
3
11:00
12:00
1:00
2:00
4
3:00
4:00
5:00
6:00
5
7:00
8:00
9:00
10:00

11:00

12:00

REFLECTION & TRANSITION

MY WINS FOR THIS WEEK

☑ _____

☑ _____

☑ _____

☑ _____

DID I ACHIEVE MY GOALS? WHY OR WHY NOT?

_____

_____

_____

_____

WHAT WILL I DO DIFFERENTLY NEXT WEEK?

_____

_____

_____

_____

WEEK#:   THIS WEEK'S GOALS

- ◯
- ◯
- ◯

M	**TO DO LIST**
	◯
	◯
T	◯
	◯
	◯
W	◯
	◯
	◯
T	◯
	◯
	◯
F	◯
	NETWORK LIST
S	
S	

STOP DOING LIST   AFFIRMATIONS

- [ ]
- [ ]
- [ ]
- [ ]
- [ ]
- [ ]
- [ ]
- [ ]
- [ ]
- [ ]
- [ ]
- [ ]

- [ ]
- [ ]
- [ ]
- [ ]
- [ ]
- [ ]
- [ ]
- [ ]
- [ ]
- [ ]
- [ ]
- [ ]

EVERY NIGHT BEFORE BED I MUST PLAN AHEAD

		TOP FIVE
		1
5:00	5:00	
6:00	6:00	**2**
7:00	7:00	
8:00	8:00	
9:00	9:00	
10:00	10:00	**3**
11:00	11:00	
12:00	12:00	
1:00	1:00	
2:00	2:00	**4**
3:00	3:00	
4:00	4:00	
5:00	5:00	
6:00	6:00	**5**
7:00	7:00	
8:00	8:00	
9:00	9:00	
10:00	10:00	☐
11:00	11:00	
12:00	12:00	☐
		☐
		☐

1

2

3

4

5

5:00	5:00
6:00	6:00
7:00	7:00
8:00	8:00
9:00	9:00
10:00	10:00
11:00	11:00
12:00	12:00
1:00	1:00
2:00	2:00
3:00	3:00
4:00	4:00
5:00	5:00
6:00	6:00
7:00	7:00
8:00	8:00
9:00	9:00
10:00	10:00
11:00	11:00
12:00	12:00

☐

☐

☐

☐

HOW WILL I WIN TODAY?

TOP FIVE

1

5:00	5:00
6:00	6:00
7:00	7:00
8:00	8:00
9:00	9:00
10:00	10:00
11:00	11:00
12:00	12:00
1:00	1:00
2:00	2:00
3:00	3:00
4:00	4:00
5:00	5:00
6:00	6:00
7:00	7:00
8:00	8:00
9:00	9:00
10:00	10:00
11:00	11:00
12:00	12:00

2

3

4

5

☐

☐

☐

☐

TOP FIVE

1

5:00
6:00
7:00
8:00
9:00
10:00
11:00
12:00

2

3

1:00
2:00
3:00
4:00

4

5:00
6:00
7:00
8:00
9:00

5

10:00
11:00
12:00

☐

☐

☐

☐

WEEK#: THIS WEEK'S GOALS

○
○
○

	TO DO LIST
M	○
	○
	○
T	○
	○
	○
W	○
	○
	○
T	○
	○
	○
F	○
	NETWORK LIST
S	
S	

STOP DOING LIST   AFFIRMATIONS

☐ _____   ☐ _____

☐ _____   ☐ _____

☐ _____   ☐ _____

☐ _____   ☐ _____

☐ _____   ☐ _____

☐ _____   ☐ _____

☐ _____   ☐ _____

☐ _____   ☐ _____

☐ _____   ☐ _____

☐ _____   ☐ _____

☐ _____   ☐ _____

EVERY NIGHT BEFORE BED I MUST PLAN AHEAD

		TOP FIVE
		1

5:00	5:00
6:00	6:00
7:00	7:00
8:00	8:00
9:00	9:00
10:00	10:00
11:00	11:00
12:00	12:00
1:00	1:00
2:00	2:00
3:00	3:00
4:00	4:00
5:00	5:00
6:00	6:00
7:00	7:00
8:00	8:00
9:00	9:00
10:00	10:00
11:00	11:00
12:00	12:00

TOP FIVE

1

2

3

4

5

☐

☐

☐

☐

	TOP FIVE
	1
5:00	5:00
6:00	6:00	**2**
7:00	7:00
8:00	8:00
9:00	9:00
10:00	10:00	**3**
11:00	11:00
12:00	12:00
1:00	1:00
2:00	2:00	**4**
3:00	3:00
4:00	4:00
5:00	5:00
6:00	6:00	**5**
7:00	7:00
8:00	8:00
9:00	9:00
10:00	10:00	☐
11:00	11:00
12:00	12:00	☐
	☐
	☐

HOW WILL I WIN TODAY?

		TOP FIVE
		1
5:00	5:00	
6:00	6:00	**2**
7:00	7:00	
8:00	8:00	
9:00	9:00	
10:00	10:00	**3**
11:00	11:00	
12:00	12:00	
1:00	1:00	
2:00	2:00	**4**
3:00	3:00	
4:00	4:00	
5:00	5:00	
6:00	6:00	**5**
7:00	7:00	
8:00	8:00	
9:00	9:00	
10:00	10:00	☐
11:00	11:00	
12:00	12:00	☐
		☐
		☐

TOP FIVE

1

5:00

6:00

7:00   **2**

8:00

9:00

10:00

11:00   **3**

12:00

1:00

2:00   **4**

3:00

4:00

5:00

6:00   **5**

7:00

8:00

9:00

10:00

11:00   ☐

12:00

☐

☐

☐

120

REFLECTION & TRANSITION

MY WINS FOR THIS WEEK

☑ _____

☑ _____

☑ _____

☑ _____

DID I ACHIEVE MY GOALS? WHY OR WHY NOT?

_____

_____

_____

_____

WHAT WILL I DO DIFFERENTLY NEXT WEEK?

_____

_____

_____

_____

MONTH4

MONTHLY GOALS

SPIRITUAL

ACTIONS

FAMILY

ACTIONS

FINANCIAL

ACTIONS

MONTHLY GOALS

SPIRITUAL

ACTIONS

FAMILY

ACTIONS

FINANCIAL

ACTIONS

WEEK#:

THIS WEEK'S GOALS

- ○
- ○
- ○

M	TO DO LIST
	○
	○
T	○
	○
	○
W	○
	○
	○
T	○
	○
	○
F	○
	NETWORK LIST
S	
S	

STOP DOING LIST   AFFIRMATIONS

EVERY NIGHT BEFORE BED I MUST PLAN AHEAD

		TOP FIVE
_____	_____	
_____	_____	**1**
_____	_____	
5:00	5:00	
6:00	6:00	**2**
7:00	7:00	
8:00	8:00	
9:00	9:00	
10:00	10:00	**3**
11:00	11:00	
12:00	12:00	
1:00	1:00	
2:00	2:00	**4**
3:00	3:00	
4:00	4:00	
5:00	5:00	
6:00	6:00	**5**
7:00	7:00	
8:00	8:00	
9:00	9:00	
10:00	10:00	☐
11:00	11:00	
12:00	12:00	☐
_____	_____	
_____	_____	☐
_____	_____	
_____	_____	☐

		TOP FIVE
		1
5:00	5:00	**2**
6:00	6:00	
7:00	7:00	
8:00	8:00	
9:00	9:00	
10:00	10:00	**3**
11:00	11:00	
12:00	12:00	
1:00	1:00	
2:00	2:00	**4**
3:00	3:00	
4:00	4:00	
5:00	5:00	
6:00	6:00	**5**
7:00	7:00	
8:00	8:00	
9:00	9:00	
10:00	10:00	☐
11:00	11:00	
12:00	12:00	☐
		☐
		☐

HOW WILL I WIN TODAY?

TOP FIVE

1

2

3

4

5

5:00	5:00
6:00	6:00
7:00	7:00
8:00	8:00
9:00	9:00
10:00	10:00
11:00	11:00
12:00	12:00
1:00	1:00
2:00	2:00
3:00	3:00
4:00	4:00
5:00	5:00
6:00	6:00
7:00	7:00
8:00	8:00
9:00	9:00
10:00	10:00
11:00	11:00
12:00	12:00

☐

☐

☐

☐

1

2

3

4

5

5:00
6:00
7:00
8:00
9:00
10:00
11:00
12:00
1:00
2:00
3:00
4:00
5:00
6:00
7:00
8:00
9:00
10:00
11:00
12:00

☐

☐

☐

☐

REFLECTION & TRANSITION

MY WINS FOR THIS WEEK

☑ _____

☑ _____

☑ _____

☑ _____

DID I ACHIEVE MY GOALS? WHY OR WHY NOT?

_____

_____

_____

_____

WHAT WILL I DO DIFFERENTLY NEXT WEEK?

_____

_____

_____

_____

_____

WEEK#:

THIS WEEK'S GOALS

○ _____
○ _____
○ _____

	TO DO LIST
M	○
	○
	○
T	○
	○
	○
W	○
	○
	○
T	○
	○
	○
F	○
	NETWORK LIST
S	
S	

STOP DOING LIST   AFFIRMATIONS

- [ ]
- [ ]
- [ ]
- [ ]
- [ ]
- [ ]
- [ ]
- [ ]
- [ ]
- [ ]
- [ ]
- [ ]

- [ ]
- [ ]
- [ ]
- [ ]
- [ ]
- [ ]
- [ ]
- [ ]
- [ ]
- [ ]
- [ ]
- [ ]

EVERY NIGHT BEFORE BED I MUST PLAN AHEAD

		TOP FIVE
		1
5:00	5:00	
6:00	6:00	**2**
7:00	7:00	
8:00	8:00	
9:00	9:00	
10:00	10:00	**3**
11:00	11:00	
12:00	12:00	
1:00	1:00	
2:00	2:00	**4**
3:00	3:00	
4:00	4:00	
5:00	5:00	
6:00	6:00	**5**
7:00	7:00	
8:00	8:00	
9:00	9:00	
10:00	10:00	☐
11:00	11:00	
12:00	12:00	☐
		☐
		☐

		TOP FIVE
		1
5:00	5:00	
6:00	6:00	**2**
7:00	7:00	
8:00	8:00	
9:00	9:00	
10:00	10:00	**3**
11:00	11:00	
12:00	12:00	
1:00	1:00	
2:00	2:00	**4**
3:00	3:00	
4:00	4:00	
5:00	5:00	
6:00	6:00	**5**
7:00	7:00	
8:00	8:00	
9:00	9:00	
10:00	10:00	☐
11:00	11:00	
12:00	12:00	☐
		☐
		☐

HOW WILL I WIN TODAY?

		TOP FIVE
		1
5:00	5:00	
6:00	6:00	**2**
7:00	7:00	
8:00	8:00	
9:00	9:00	
10:00	10:00	**3**
11:00	11:00	
12:00	12:00	
1:00	1:00	
2:00	2:00	**4**
3:00	3:00	
4:00	4:00	
5:00	5:00	
6:00	6:00	**5**
7:00	7:00	
8:00	8:00	
9:00	9:00	
10:00	10:00	☐
11:00	11:00	
12:00	12:00	☐
		☐
		☐

_____

_____

_____

_____

5:00 _____

6:00 _____

7:00 _____

8:00 _____

9:00 _____

10:00 _____

11:00 _____

12:00 _____

1:00 _____

2:00 _____

3:00 _____

4:00 _____

5:00 _____

6:00 _____

7:00 _____

8:00 _____

9:00 _____

10:00 _____

11:00 _____

12:00 _____

_____

_____

_____

TOP FIVE

1 _____

2 _____

3 _____

4 _____

5 _____

☐ _____

☐ _____

☐ _____

☐ _____

REFLECTION & TRANSITION

MY WINS FOR THIS WEEK

☑ _____

☑ _____

☑ _____

☑ _____

DID I ACHIEVE MY GOALS? WHY OR WHY NOT?

_____

_____

_____

_____

WHAT WILL I DO DIFFERENTLY NEXT WEEK?

_____

_____

_____

_____

WEEK#:

THIS WEEK'S GOALS

- ◯
- ◯
- ◯

M	**TO DO LIST**
	◯
	◯
	◯
T	◯
	◯
	◯
W	◯
	◯
	◯
T	◯
	◯
	◯
F	◯
	NETWORK LIST
S	
S	

STOP DOING LIST   AFFIRMATIONS

- [ ]
- [ ]
- [ ]
- [ ]
- [ ]
- [ ]
- [ ]
- [ ]
- [ ]
- [ ]
- [ ]
- [ ]

EVERY NIGHT BEFORE BED I MUST PLAN AHEAD

		TOP FIVE
		1
5:00	5:00	
6:00	6:00	**2**
7:00	7:00	
8:00	8:00	
9:00	9:00	
10:00	10:00	**3**
11:00	11:00	
12:00	12:00	
1:00	1:00	
2:00	2:00	**4**
3:00	3:00	
4:00	4:00	
5:00	5:00	
6:00	6:00	**5**
7:00	7:00	
8:00	8:00	
9:00	9:00	
10:00	10:00	☐
11:00	11:00	
12:00	12:00	☐
		☐
		☐

_____ _____ TOP FIVE

1 _____

5:00 _____ 5:00 _____
6:00 _____ 6:00 _____
7:00 _____ 7:00 _____ **2** _____
8:00 _____ 8:00 _____
9:00 _____ 9:00 _____
10:00 _____ 10:00 _____ **3** _____
11:00 _____ 11:00 _____
12:00 _____ 12:00 _____
1:00 _____ 1:00 _____
2:00 _____ 2:00 _____ **4** _____
3:00 _____ 3:00 _____
4:00 _____ 4:00 _____
5:00 _____ 5:00 _____
6:00 _____ 6:00 _____ **5** _____
7:00 _____ 7:00 _____
8:00 _____ 8:00 _____
9:00 _____ 9:00 _____
10:00 _____ 10:00 _____ ☐ _____
11:00 _____ 11:00 _____
12:00 _____ 12:00 _____ ☐ _____

☐ _____

☐ _____

HOW WILL I WIN TODAY?

		TOP FIVE
		1
5:00	5:00	**2**
6:00	6:00	
7:00	7:00	
8:00	8:00	
9:00	9:00	**3**
10:00	10:00	
11:00	11:00	
12:00	12:00	
1:00	1:00	**4**
2:00	2:00	
3:00	3:00	
4:00	4:00	
5:00	5:00	
6:00	6:00	**5**
7:00	7:00	
8:00	8:00	
9:00	9:00	
10:00	10:00	☐
11:00	11:00	
12:00	12:00	☐
		☐
		☐

_____

_____

_____

_____

5:00	
6:00	
7:00	
8:00	
9:00	
10:00	
11:00	
12:00	
1:00	
2:00	
3:00	
4:00	
5:00	
6:00	
7:00	
8:00	
9:00	
10:00	
11:00	
12:00	

TOP FIVE

1 _____

2 _____

3 _____

4 _____

5 _____

☐ _____

☐ _____

☐ _____

☐ _____

REFLECTION & TRANSITION

MY WINS FOR THIS WEEK

- [ ]
- [ ]
- [ ]
- [ ]

DID I ACHIEVE MY GOALS? WHY OR WHY NOT?

WHAT WILL I DO DIFFERENTLY NEXT WEEK?

WEEK#:

- ○ _____
- ○ _____
- ○ _____

	TO DO LIST
M	○
	○
	○
T	○
	○
	○
W	○
	○
	○
T	○
	○
	○
F	○
	NETWORK LIST
S	
S	

STOP DOING LIST   AFFIRMATIONS

- [ ]
- [ ]
- [ ]
- [ ]
- [ ]
- [ ]
- [ ]
- [ ]
- [ ]
- [ ]
- [ ]
- [ ]

EVERY NIGHT BEFORE BED I MUST PLAN AHEAD

		TOP FIVE
		1
5:00	5:00	
6:00	6:00	**2**
7:00	7:00	
8:00	8:00	
9:00	9:00	
10:00	10:00	**3**
11:00	11:00	
12:00	12:00	
1:00	1:00	
2:00	2:00	**4**
3:00	3:00	
4:00	4:00	
5:00	5:00	
6:00	6:00	**5**
7:00	7:00	
8:00	8:00	
9:00	9:00	
10:00	10:00	☐
11:00	11:00	
12:00	12:00	☐
		☐
		☐

		TOP FIVE
		1
5:00	5:00	
6:00	6:00	**2**
7:00	7:00	
8:00	8:00	
9:00	9:00	
10:00	10:00	**3**
11:00	11:00	
12:00	12:00	
1:00	1:00	
2:00	2:00	**4**
3:00	3:00	
4:00	4:00	
5:00	5:00	
6:00	6:00	**5**
7:00	7:00	
8:00	8:00	
9:00	9:00	
10:00	10:00	☐
11:00	11:00	
12:00	12:00	☐
		☐
		☐

HOW WILL I WIN TODAY?

		TOP FIVE
		1
5:00	5:00	
6:00	6:00	**2**
7:00	7:00	
8:00	8:00	
9:00	9:00	
10:00	10:00	**3**
11:00	11:00	
12:00	12:00	
1:00	1:00	
2:00	2:00	**4**
3:00	3:00	
4:00	4:00	
5:00	5:00	
6:00	6:00	**5**
7:00	7:00	
8:00	8:00	
9:00	9:00	
10:00	10:00	☐
11:00	11:00	
12:00	12:00	☐
		☐
		☐

_____

1 _____
_____

5:00 _____
6:00 _____

2 _____

7:00 _____
8:00 _____
9:00 _____
10:00 _____

3 _____

11:00 _____
12:00 _____
1:00 _____
2:00 _____

4 _____

3:00 _____
4:00 _____
5:00 _____
6:00 _____

5 _____

7:00 _____
8:00 _____
9:00 _____
10:00 _____

☐ _____

11:00 _____
12:00 _____

☐ _____

_____

☐ _____

_____

☐ _____

_____

WEEK#:

- ○ _____
- ○ _____
- ○ _____

	TO DO LIST
M	○
	○
	○
T	○
	○
	○
W	○
	○
	○
T	○
	○
	○
F	○
	NETWORK LIST
S	
S	

STOP DOING LIST

☐ _____

☐ _____

☐ _____

☐ _____

☐ _____

☐ _____

☐ _____

☐ _____

☐ _____

☐ _____

☐ _____

☐ _____

AFFIRMATIONS

☐ _____

☐ _____

☐ _____

☐ _____

☐ _____

☐ _____

☐ _____

☐ _____

☐ _____

☐ _____

☐ _____

☐ _____

EVERY NIGHT BEFORE BED I MUST PLAN AHEAD

		TOP FIVE
		1
5:00	5:00	
6:00	6:00	**2**
7:00	7:00	
8:00	8:00	
9:00	9:00	
10:00	10:00	**3**
11:00	11:00	
12:00	12:00	
1:00	1:00	
2:00	2:00	**4**
3:00	3:00	
4:00	4:00	
5:00	5:00	
6:00	6:00	**5**
7:00	7:00	
8:00	8:00	
9:00	9:00	
10:00	10:00	☐
11:00	11:00	
12:00	12:00	☐
		☐
		☐

_____ | _____ | **T O P   F I V E**
_____ | _____ |
_____ | _____ | **1**
_____ | _____ | _____

5:00 _____ | 5:00 _____ |
6:00 _____ | 6:00 _____ | **2**
7:00 _____ | 7:00 _____ |
8:00 _____ | 8:00 _____ |
9:00 _____ | 9:00 _____ | _____
10:00 _____ | 10:00 _____ |
11:00 _____ | 11:00 _____ | **3**
12:00 _____ | 12:00 _____ |
1:00 _____ | 1:00 _____ |
2:00 _____ | 2:00 _____ | **4**
3:00 _____ | 3:00 _____ |
4:00 _____ | 4:00 _____ |
5:00 _____ | 5:00 _____ | _____
6:00 _____ | 6:00 _____ |
7:00 _____ | 7:00 _____ | **5**
8:00 _____ | 8:00 _____ |
9:00 _____ | 9:00 _____ |
10:00 _____ | 10:00 _____ |
11:00 _____ | 11:00 _____ | ☐ _____
12:00 _____ | 12:00 _____ |
_____ | _____ | ☐ _____
_____ | _____ |
_____ | _____ | ☐ _____
_____ | _____ |
_____ | _____ | ☐ _____

155

HOW WILL I WIN TODAY?

		TOP FIVE
		1
5:00	5:00	
6:00	6:00	**2**
7:00	7:00	
8:00	8:00	
9:00	9:00	
10:00	10:00	**3**
11:00	11:00	
12:00	12:00	
1:00	1:00	
2:00	2:00	**4**
3:00	3:00	
4:00	4:00	
5:00	5:00	
6:00	6:00	**5**
7:00	7:00	
8:00	8:00	
9:00	9:00	
10:00	10:00	☐
11:00	11:00	
12:00	12:00	☐
		☐
		☐

_____

_____
_____
_____

5:00 _____
6:00 _____
7:00 _____
8:00 _____
9:00 _____
10:00 _____
11:00 _____
12:00 _____
1:00 _____
2:00 _____
3:00 _____
4:00 _____
5:00 _____
6:00 _____
7:00 _____
8:00 _____
9:00 _____
10:00 _____
11:00 _____
12:00 _____
_____
_____
_____

TOP FIVE

1 _____

2 _____

3 _____

4 _____

5 _____

☐ _____

☐ _____

☐ _____

☐ _____

REFLECTION & TRANSITION

MY WINS FOR THIS WEEK

- [x] _____

- [x] _____

- [x] _____

- [x] _____

DID I ACHIEVE MY GOALS? WHY OR WHY NOT?

_____

_____

_____

_____

WHAT WILL I DO DIFFERENTLY NEXT WEEK?

_____

_____

_____

_____

NOTES

NOTES

NOTES

NOTES

NOTES

NOTES

NOTES

NOTES

NOTES

Made in the USA
Monee, IL
13 February 2021